RONCEVAUX

ODE

Qui a obtenu une Violette ;

LA

RÉPUBLIQUE DES LAPINS

FABLE

Qui a concouru pour le prix ;

PAR

M. Emmanuel BESSON,

Rédacteur à la Direction de l'enregistrement, à Bordeaux.

TOULOUSE

IMPRIMERIE DOULADOURE

Rue Saint-Rome, 39

—

1878

Ye
38519

ACADÉMIE

DES

JEUX FLORAUX

CONCOURS DE 1878

RONCEVAUX

ODE

Qui a obtenu une Violette ;

LA

RÉPUBLIQUE DES LAPINS

FABLE

Qui a concouru pour le prix ;

PAR

M. Emmanuel BESSON,

Rédacteur à la Direction de l'enregistrement, à Bordeaux.

TOULOUSE
IMPRIMERIE DOULADOURE
Rue Saint-Rome, 39

—

1878

RONCEVAUX.

ODE

Qui a obtenu une Violette.

« Alde la belle est à sa fin venue. »
(Chanson de Roland.)

I

O géants de granit que la tempête assiége,
Que j'aime à vous revoir sous vos manteaux de neige,
Comme des paladins aux armures d'acier,
Quand la brise mugit, quand la folle avalanche,
Laissant flotter au vent sa longue robe blanche,
Glisse, roule, et bondit de glacier en glacier!

C'est en vain que l'hiver vous livre sa bataille!
En vain le fauve éclair, autour de votre taille,
Se tord en frémissant, comme un serpent de feu :
Plus haut que la nuée où la foudre s'allume,
Déchirant, dédaigneux, le voile de la brume,
Votre impassible front se perd dans le ciel bleu.

Là, jamais ne frémit le souffle de la brise,
Jamais de cet écueil où l'aquilon se brise
L'homme ne profana l'éternelle blancheur ;
Jamais sur ces sapins aux ombres colossales
Qui frissonnent plaintifs sous l'aile des rafales
Ne s'arrêta l'essor de l'oiseau voyageur !

Que j'aime à vous revoir, montagnes de Navarre,
Lorsqu'à vos pieds s'éveille une vague fanfare,
Qu'un souffle de terreur passe sur les forêts,
Que du fond des ravins, de vallée en vallée,
Une sourde rumeur de fer et de mêlée
Monte, grandit, retombe, et s'éteint par degrés !

Est-ce un rêve ? On dirait que les trompettes sonnent,
Que les panaches blancs sur les casques frissonnent :
Le roc a retenti du galop des chevaux,
Les drapeaux ont ouvert leurs ailes frémissantes,
La bataille rugit et les brises errantes
Répètent tristement : « Roncevaux ! Roncevaux ! »

Pressez de l'éperon vos coursiers blancs d'écume,
Que le sang *ruisselle* et que la terre fume !
Que tout redise au loin l'âpre chanson du fer !
Ils sont aussi nombreux que les flots : mais qu'importe !
Ils s'évanouiront comme la feuille morte
Qui s'envole éperdue au souffle de l'hiver.

A l'œuvre, chevaliers ! Cette moisson est mûre ;
N'ouvrons à tous les flancs qu'une seule blessure,
Donnons-leur pour linceul l'écume des torrents !
Ne suis-je pas Roland ? Que la fauve mêlée,
En me voyant venir, bondisse échevelée,
Et morde le poitrail de nos chevaux fumants !

Apprenons-leur comment il faut frapper en face :
Point de trêve ! Malheur à qui demande grâce !
L'aigle pardonne-t-il l'injure du vautour ?
Ah ! si tu dois faiblir, ma Durandal fidèle,
Puissé-je ne revoir jamais Alde la belle,
Oublier son sourire et trahir son amour !

Tu ne la verras plus, ton Alde bien-aimée ;
Hélas ! brise à jamais cette fleur parfumée,
Arrache de ton cœur ce chaste souvenir :
Elle ne viendra pas, ta blonde fiancée,
Recueillir, tout en pleurs, ta suprême pensée,
Dans ton dernier regard, dans ton dernier soupir !

Déjà des flots de sang rougissent son armure,
Mais, pareil au taureau qu'irrite sa blessure,
Insensible à la flèche attachée à son flanc,
Il s'élance à la mort avec un cri de joie,
Et, plus prompte que l'aigle à fondre sur sa proie,
Durandal tourne, brille, et s'abat en sifflant.

Le cor a résonné : sa plainte désolée,
Hallali ! rebondit de vallée en vallée,
Les aigles effrayés s'envolent vers le ciel
Et Charles, dont le front fièrement se redresse
Sous un double fardeau de gloire et de vieillesse,
S'arrête en frémissant à ce suprême appel.

Là-bas ! entendez-vous cette rumeur profonde ?
On dirait le lointain gémissement de l'onde,
C'est le cor de Roland ! — « Sire, dit Ganelon,
» Durandal fut toujours jalouse de sa gloire,
» Notre secours ne peut qu'amoindrir sa victoire,
» Gardons-nous de toucher à la part du lion ! »

Hallali ! c'est la voix de Roland qui m'appelle,
Aux armes ! que l'épée au soleil étincelle,
Que l'éperon s'attache au flanc du palefroy !
Et les Leudes, héros dont l'âge se mesure
Au nombre des exploits gravés sur leur armure,
Se pressent en silence autour de leur vieux roi !.

Arrache de ton front le masque de la ruse,
Réponds, sans défaillir, à la voix qui t'accuse,
Approche, Ganelon ! qu'as-tu fait de Roland ?
Pourquoi te détourner, pourquoi baisser la tête
Et frémir sous le poids de ta honte muette,
Comme le passereau sous le bec du milan !

Hallali ! les chevaux ont dévoré l'espace,
La vaste plaine fuit dans la brume et s'efface,
Les grands pics dénudés surgissent devant eux,
Et Charles, dont le vent fouette la barbe blanche,
Entraîne sur ses pas la terrible avalanche
A travers les ravins et les bois ténébreux.

II

C'en est fait, O Roland ! sur ta vaillante épée,
Pour la dernière fois raidis ta main crispée ,
Redresse-toi superbe en face de la mort ;
Mourir ! ma Durandal ! quand ton âme frissonne ,
Quand sur ta lame nue où le soleil rayonne
Le sang de nos félons ennemis fume encor !

Rivale de l'éclair ! Vierge aux regards de flamme,
Voudrais-tu t'avilir dans un repos infâme ?
Farouche fiancée en qui vibre mon cœur ,
Tu vas donc me trahir, toi jusque-là si fière ,
Et peut-être oublier aux mains d'un mercenaire
Que Roland fut ton maître et Joyeuse ta sœur !

Te rendre ! te livrer à ce dernier outrage !
A ces impurs valets te laisser en otage !
Non ! ils ne t'auront pas ! que nul autre après moi
Ne puisse d'un baiser souiller ta lame nue ;
Adieu ! ma bien-aimée ! adieu ! l'heure est venue ,
Ton maître va mourir : Durandal, brise-toi !

Tu ne te brisas point, chevaleresque épée,
L'héroïsme t'avait trop finement trempée;
Rien ne put émousser ton terrible tranchant :
Mais le roc s'entr'ouvrit sous ton âpre morsure,
Et ce gouffre béant, cette immense blessure
S'appellera toujours la Brèche de Roland !

. . . .
. . . .

Je me suis enivré de ta grande tristesse,
O Marboré ! j'ai vu cet abîme où sans cesse
Les sanglots étouffés du vent viennent mourir...
Silence ! entendez-vous cette rumeur lointaine ?
Entendez-vous ce cri de colère et de haine ?
Sous ton linceul glacé, Roland, pourquoi frémir ?

Pourquoi te redresser, ô Titan solitaire,
Et secouer au vent les flots de ta crinière ?
Qu'as-tu vu tout à coup surgir à l'horizon ?
Quel est cet ennemi qui se glisse dans l'ombre ?
Sa honte resplendit sur son visage sombre :
C'est le fantôme impur d'un autre Ganelon !

Détourne ton regard de cette ombre maudite !
Veille sur cette France où ton souffle palpite,
Veille sur ce pays que l'honneur fit si grand !
C'est à nous d'achever ta géante épopée,
Et de reconquérir, avec ta rude épée,
L'âme des anciens jours ! l'âme du peuple franc!

LA RÉPUBLIQUE DES LAPINS.

FABLE

Qui a concouru pour le prix.

« Grippeminaud le bon apôtre. »
LA FONTAINE.

Au temps où fleurit la bruyère,
On dit que le peuple lapin,
Las d'être en royauté, sur la verte clairière
Se réunit un beau matin,
Afin de secouer son antique esclavage,
Exiler les tyrans, briser la royauté,
Et proclamer la jeune liberté.
Témoin de cet enfantillage,
Un vieillard, un ancien magistrat retraité,
Laissa du haut de la tribune
Tomber cette plainte importune :

— « Ecoutez, mes enfants, pour la dernière fois,
» Cette voix qui s'éteint ; la vieillesse est morose,
    » Puissé-je m'alarmer sans cause !
» Croyez-m'en, revenez au fond de nos grands bois.
» Aux cerveaux creux laissez la sotte politique ;
    » Braconniers, furets et renards
    » Vous dresseront leurs traquenards
    » En dépit de la République ;
» Broutez paisiblement, folâtrez, aimez-vous !
    » Mais des nouveautés n'ayez cure ;
» Le tapis de nos bois n'est-il plus aussi doux,
» Nos ruisseaux n'auraient-ils ni fraîcheur ni murmure ?
    » Enfants, sachez, au jour le jour,
    » Vivre de thym, de rosée et d'amour. »

    Cette églogue du centenaire
    N'eut qu'un succès fort relatif :
Peu s'en fallut qu'on ne l'écorchât vif,
— Ce peuple fut toujours très-peu parlementaire ;
    On vota la clôture à la majorité
    Et la mort des tyrans à l'unanimité.
    La République universelle
    Fut donc décrétée à l'instant ;
    La citoyenne la plus belle
Proclama le premier jour de l'ère nouvelle.

Mais qui nommer pour président ?
Il le faut sagace et prudent,
Et du peuple lapin la cervelle est légère :
Ce n'était pas petite affaire
Pour un peuple aussi turbulent.
Mais voici qu'un gras personnage,
Doucereux, patelin de mine et de langage,
Baissant humblement le regard,
Modeste en son maintien, marchant avec mesure,
Vint poser sa candidature :

— « Frères, je suis dom Rodilard,
» Comme vous, je porte fourrure;
» Depuis trente ans, du monde retiré,
» Par un jeûne incessant je me suis préparé
» A l'honneur qu'en ce jour de vous je sollicite ;
» Frères, pourquoi parler de mon faible mérite ?
» Je suis docteur, j'appliquerai la loi
» En fait aussi bien qu'en droit ;
» Ne craignez rien, venez me tirer la moustache,
» Or ça ! je veux qu'on me l'arrache,
» Si je ne vous suis point par les femmes cousin,
» Si votre sang, lapins ! ne coule dans mes veines.
» On dira que ma queue est un peu longue : eh bien !
» Nous la raccourcirons aux calendes prochaines;
» Et si ma griffe perce à travers mes mitaines,
» Ce sera pour venger la veuve et l'orphelin.

» Electeurs ! citoyens ! je suis égalitaire,
 » Je suis un soldat du progrès,
  » Nommez-moi, nous verrons après ;...
 » En attendant, venez là, sur mon cœur de père ! »

  Ainsi parle notre matois,
  On le porte à la présidence ;
  Lui, cependant, à demi-voix,
Dénombre ses sujets qu'il croque en espérance.
  Le folâtre peuple lapin,
  Quand refleurira la bruyère,
  Hélas ! sur la verte clairière,
  Ne viendra plus brouter le thym !

MORALE :

Que l'on en trouverait, entre Lille et Marseille,
Qui ne sont pas lapins et portent longue oreille !